I0550973

PIE VI,

ET LOUIS XVIII;

CONFÉRENCE THÉOLOGIQUE

ET POLITIQUE,

TROUVÉE DANS LES PAPIERS DU CARDINAL DORIA;

TRADUITE DE L'ITALIEN,

PAR M. J. CHÉNIER.

Seconde édition enrichie de notes historiques.

A PARIS,

Chez LARAN, libraire, au palais Égalité,
galerie de bois, n°. 245.

AN VI.

AVEC APPROBATION, ET AUX DÉPENS DU CONCILE
NATIONAL DE FRANCE.

PIE VI,

ET LOUIS XVIII.

Quoi ! Saint père, c'est vous ! vous, loin des bords du Tibre !
Rome aurait-elle aussi le malheur d'être libre ?
Le nouveau mal français gagne-t-il ces remparts
Où des pontifes rois remplaçaient les Césars ?
A-t-il du Vatican souillé l'auguste enceinte ?

PIE VI.

Mon fils, j'ai pour jamais quitté la cité sainte.
J'ai mal joué mon rôle, à vous parler sans fard ;
J'ai fait la paix en traître, et la guerre en caffard.
Quand l'acteur est mauvais le parterre le hue :
Il a fallu s'enfuir sifflé par la cohue.
J'ai fait des tours d'espiegle, au fond très innocents ;
Et vous en jugerez, car vous avez du sens.
Les vicaires de Christ, en des jours difficiles,
Dans l'art d'empoisonner se montraient fort habiles :
Suivant la circonstance on se laisse tenter ;
Et de l'assassinat j'avais voulu tâter.
Il faut s'aider un peu quand les temps sont critiques.
Basseville, Duphot, ces damnés hérétiques,
Ont été massacrés pour le bien de la foi,

Par mes soldats, poltrons autant que vous et moi,
Mais très bons assassins, et grands serveurs de messes.
En France on a mal pris toutes ces gentillesses.
Lors j'ai renouvelé près des soldats français
Un lazzi qui jadis avait quelque succès.
Pour leur en imposer et procéder en forme,
Je revêts la tiare et le grand uniforme,
Et, les deux doigts en l'air, avec componction
Je propose aux guerriers ma bénédiction :
Refus net et formel ; ils ont le goût bizarre.
Dépouillant sans tarder l'étole et la tiare,
De Rome adroitement je me suis esquivé,
Et comme vous, grand roi, je suis sur le pavé.

LOUIS XVIII.

L'accident est fâcheux ; votre tort n'est pas moindre.
Lorsqu'en son crépuscule, et commençant à poindre,
Ce soleil inconnu, luisant aux nations,
Vint obscurcir les rois de ses premiers rayons,
Que n'avez-vous éteint ces clartés menaçantes ?
Vous deviez, sans lancer des bulles impuissantes,
Comme autrefois Urbain, conjurant le danger,
Ordonner aux chrétiens de courir nous venger.
L'aventureux Gustave, héritier de Christine,
Aux bords de la Néva, la chaste Catherine,
Brûlaient de seconder les monarques germains:
Que faisiez-vous alors? une épître aux Romains?
Tandis qu'il eût fallu sanctifier la guerre,

Faire parler le ciel pour soulever la terre,
Sortir avec éclat de vos sacrés remparts,
Et des nouveaux croisés bénir les étendards.
La chrétienté, suivant son pontife suprême,
En faisant son salut, vous eût sauvé vous-même;
Les graces du Très-Haut se répandaient sur nous.

PIE VI.

Donneur de bons avis, prenez-les donc pour vous.
Vos manifestes, pleins d'une imbécille emphase,
Plus gascons que les vers du rimailleur d'Espaze,
Ont aux républicains causé peu de frayeur:
Ils ont ri du vaincu pardonnant au vainqueur.
Battez-les.

LOUIS XVIII.

        Des combats qu'un autre soit l'arbitre:
De Louis le Prudent j'ai mérité le titre;
Malgré leurs attentats j'épargne mes sujets,
Et la guerre a prouvé combien j'aime la paix.

PIE VI.

Eh bien! feu Charles sept fut un roi pacifique;
Abandonnant la France à l'Anglais hérétique,
D'Agnès, tant douce amie, il recevait la loi:
Vous n'avez point d'Agnès, et nous savons pourquoi.
Lahire cependant donnoit force batailles;
Ainsi faisaient Poton, la Trimouille et Saintrailles;
Mais en vain: chaque jour apportait ses malheurs;
Charles se lamentait auprès d'Agnès en pleurs.

Une pucelle advient ; l'espoir les réconforte ;
Dunois, le beau bâtard, et Jeanne la très forte,
Du monarque un peu plat vengent le long affront,
Et l'ampoule sacrée a coulé sur son front.
Dieu vous gratifia du don de couardise ;
Vous n'êtes pas pour rien fils aîné de l'église ;
Vous vivrez longuement : mais il faut, entre nous,
Trouver des ferrailleurs qui soient vaillants pour vous.
Cherchez en votre cour, pour tenter la conquête,
Un bâtard un peu brave, ou quelque fille honnête,
Qui, dans les cabarets instruite à la vertu,
Soit l'appui de son prince et du trône abattu.

LOUIS XVIII.

Vous parlez de ma cour ? quelle cour ! en icelle
Il est force bâtards, mais pas une pucelle ;
Et mes preux chevaliers aimeroient mieux, je croi,
Manger, boire, dormir, et régner comme moi,
Qu'exposer leur noblesse à l'incivile rage
D'un peuple roturier qui n'a que du courage.
Tous ces républicains, soldats peu complaisants,
Font la guerre pour vaincre, et sont mauvais plaisants.
J'avais organisé des moyens plus faciles ;
Deux cents gredins bien plats, mais si bons, si dociles,
Pour moi, chaque matin, griffonnaient maint écrit :
Je payais leur sottise aussi cher que l'esprit.
Le rapsode Villiers, Dantilly, Baralere,
Le langoureux Crétot, l'éveillé Souriguiere,

Le nocturne Langlois, messager de malheur,
Et Lacretelle, enfin, le lugubre penseur,
Barbouillaient tous les jours d'une couleur cynique
Le guerrier, l'orateur, ou le chantre énergique
Qu'à leur pinceau vénal désignait mon courroux :
Suard les dirigeait, et les surpassait tous.
Mon peuple avait élu, grace à leur industrie,
Des sénateurs n'ayant ni sénat ni patrie ;
Par l'amour de leur roi des juges ennoblis,
Dans le cœur, sur le dos portant les fleurs de lis.
Sans avoir combattu je gagnais la victoire ;
Déja de mon triomphe on écrivait l'histoire ;
Je voyais mon clergé, mes cours de parlements,
Mon trône rétabli sur ses vieux fondements,
Et de la liberté la France délivrée....
Mais les républicains ont battu ma livrée.

PIE VI.

Je vous dois un aveu, mon cher, et le voici.
Ils ont le même jour battu la mienne aussi.
Mes agents secondaient l'adroite politique
D'un estimable Anglais, d'un charmant hérétique,
De Pitt, mon digne ami, quoiqu'il ait peu de foi,
Intrigant comme un prêtre, insolent comme un roi.
Quels hommes j'ai perdus! j'avais saint du Vaucelle,
Renonçant à l'esprit par un excès de zèle ;
Le clément saint Rovere, à Vaucluse fêté ;
L'éloquent saint Gallais, à Montmartre écouté ;

Saint Mailhe, au maintien faux, au ton rogue, à l'œil triste ;
Saint Quatremere, issu de race janséniste,
Fils, petit-fils, neveu, cousin de marguillier ;
Saint Laharpe, infidele à son premier métier,
Long-temps anti-chrétien, mais toujours fanatique :
Autrefois, possédé du démon dramatique,
Le nouveau converti, du diable abandonné,
Expiait le plaisir qu'il n'avait pas donné.
J'avais saint Vauvilliers, leur guide et leur oracle,
Apôtre de Gonesse, et témoin d'un miracle.
Mais parmi ces grands saints, canonnisés tout vifs,
Du vicaire de Dieu vicaires adoptifs,
Nul n'était comparable à saint Jordan Camille ;
Chacun valait un saint, lui seul en valait mille.
Cet apprentif sous-diacre, en vrai pauvre d'esprit,
S'était senti toujours du goût pour Jésus-Christ :
Il aimait du vieux temps les sottises prosperes,
Et réclamait sur-tout les cloches de nos peres ;
Cent oisons répétaient ses pieuses clameurs.
Dans le château Saint-Ange, au bruit de ces rumeurs,
Mon ame était ouverte à la douce espérance
De voir des indévots le sang couler en France ;
Et j'entendais de loin crier de tout côté :
« Guerre aux républicains ! meure la liberté !
« Mais vivent les clochers, la tiare, l'étole,
« Camille, et les oisons, sauveurs du Capitole ! »

LOUIS XVIII.

Ah ! que n'ont-ils pu vivre aux Petites-maisons !
Tous les rois sont perdus par vous et vos oisons.
Faites taire à la fin ces innocents adeptes ,
Ressasseurs d'arguments , de lieux-communs ineptes ,
Que les moindres bedeaux ont cent fois répétés ,
Mais que le ridicule a cent fois réfutés.
Laissez là votre bible , et votre premier homme ,
Eve , le paradis , le serpent , et la pomme ;
Dans l'arche de Noé renfermez vos docteurs ;
Oubliez d'Israël les rêves imposteurs ;
Le soleil s'arrêtant ; la mer, non moins docile,
Ouvrant au peuple juif une route facile ;
Holopherne , martyr de son goût libertin ,
Caressé dans la nuit , égorgé le matin ;
Le gourmand Esaü vendant son droit d'aînesse ;
Balaam le voyant instruit par son ânesse ;
En un lieu mal-honnête Olla coulant ses jours ,
Et d'Olliba sa sœur les robustes amours ;
Le dieu pigeon faisant à la pucelle-mere
Un enfant, Homme et Dieu , dont il n'est pas le pere ;
Dieu pere , fils, esprit; un , par conséquent trois ;
Dieu né dans une étable et mort sur une croix ;
Dieu sur le haut des monts emporté par le diable ;
Jean, Luc, Marc , et Matthieu , gens d'un goût admirable ,
Tous quatre par Dieu même à-la-fois inspirés ,
Contant diversement leurs mensonges sacrés ;

1.

Constantin, sur la foi de l'authentique histoire,
Brisant pour l'homme-dieu l'autel de la victoire;
Le Panthéon fermé; les sectaires nouveaux
Sur le trône montant du sein des échafauds;
Et leur religion, lasse d'être victime,
Passant avec orgueil de la sottise au crime.

PIE VI.

Discours de philosophe, et qui ne prouvent rien.
C'étaient les premiers temps du régime chrétien.
Ces premiers temps sont durs, et l'on peut en médire;
Mais la suite....

LOUIS XVIII.

      La suite! elle est encor bien pire.
Les pontifes romains, du pied des saints autels,
Vendaient à juste prix les sept péchés mortels.
Les trésors de vingt rois brillaient sur vos madones,
Et la boîte aux agnus vous valait des couronnes.
Ici c'est l'empereur, c'est le roi très chrétien,
Qui, dans sa propre cour, est fessé pour son bien;
C'est un autre empereur, mort dans la sacristie,
Pour avoir trop aimé la sainte eucharistie:
Le rusé saint Bernard vend le terrain des cieux;
Là d'un auto-da-fé le spectacle pieux
Réjouit les regards du bon saint Dominique;
Saint Robert d'Arbrissel, plein d'un zele héroïque,
Pour voir et pour braver le démon de plus près,
La nuit de deux nonains caresse les attraits:

Saint Guignolet, célebre entre les bonnes ames,
De la stérilité veut bien guérir les dames :
De galants séraphins dans les plaines du ciel
Portent la maison sainte où l'ange Gabriel
Promit un bel enfant à la vierge Marie :
Afin d'exorciser le Vésuve en furie,
Un prêtre escamoteur, habile en son métier,
Fait bouillir à propos le sang de saint Janvier:
Plus loin de saint Dunstan la montagne flottante
Accourt, se fait bénir, et s'en va très contente.
Ah ! du trône papal remontez les degrés.
Quels sont d'un tel pouvoir les fondements sacrés ?
Dogmes impertinents, mysteres ridicules,
Miracles des Crépins, des Fiacres, des Ursules,
Ramas de contes bleus et d'antiques rébus,
Aux faiseurs de sermons inspirant du phébus,
Mais qui, par dom Calmet contés avec simplesse,
D'Arouet l'indévot égayaient la vieillesse.
Croyez-vous rétablir un empire usurpé,
Et gouverner encor le genre humain trompé?
Non ; votre jonglerie est une erreur usée,
Et des maux qu'elle a faits la coupe est épuisée.
Simon Barjone en vain présente l'hameçon,
Le filet du pêcheur ne prend plus de poisson;
Audrein chérit tout seul la divine bêtise ;
Puisque l'homme a pensé, c'en est fait de l'église.
Le coup qui vous détruit fut préparé long-temps;

Les prêtres, en honneur, étaient trop charlatans ;
Eux-même ils ont hâté leur chûte nécessaire ;
Et les papes sont mûrs : soit dit sans vous déplaire.

PIE VI.

Vous tenez là, mon fils, un fort mauvais propos.
Qui n'est pas charlatan ? demandez aux héros :
C'est des pauvres humains la tache originelle ;
Homme d'esprit et sot, sage et fou, tout s'en mêle.
Vous ne concevez pas d'où vint notre pouvoir ?
Et moi, mon cher féal, j'ai peine à concevoir
Comment un peuple entier, esclave volontaire,
Pouvait subir d'un fat le joug héréditaire ;
Comment vingt nations fléchissaient sous vingt rois ;
Comment cent mille fous, s'armant à votre voix,
Couraient s'entr'égorger pour vous et pour les vôtres :
Ce mystere est étrange, et vaut bien tous les nôtres.
L'autel ne va pas bien ! le trône va-t-il mieux ?
Si les papes sont mûrs, les rois sont un peu vieux.
Vous autres potentats, ou qui prétendez l'être,
Vous savez commander ; mais apprenez qu'un prêtre
Sait flatter la puissance, en tout temps, en tout lieu.
Le diable fut long-temps vaincu par le bon Dieu ;
Nous avons loué Dieu d'une ame satisfaite ;
Mais le diable est vainqueur ; sa volonté soit faite.
Certain roi, pour fléchir le saint-siege irrité,
Fut fessé : Pourquoi pas, s'il l'avait mérité ?
Henri le calviniste entendit bien la messe :

Et vous, si vous aviez une sûre promesse
De rentrer aussitôt dans vos droits souverains,
En vous laissant fesser au maître-autel de Rheims,
Ne baiseriez-vous pas la verge salutaire
Dont les coups vous rendraient le rang héréditaire?
Ne nous reprochons rien ; soyons de bonne foi :
Le prêtre doit toujours s'unir avec le roi :
Ce sont mangeurs de gens ; c'est la même famille.
Meurtre, empoisonnement, telle autre peccadille,
Orgueil, ambition, luxure, . . . et cætera ;
Chez nous c'est à-peu-près tout ce qu'on trouvera.
Mais l'histoire des rois, qu'on l'ouvre, qu'on la lise ;
C'est, tout comme chez nous, le crime et la sottise.
Prenez les saints cahiers ; car la bible a du bon :
Vous y verrez que Dieu, qui souvent a raison,
Pouvant punir les Juifs, en leur donnant la peste,
Leur fit présent des rois, don cent fois plus funeste.

LOUIS XVIII.

Fort bien. Nous nous disons toutes nos vérités :
Je voudrais pour beaucoup qu'on nous eût écoutés ;
Avec un terroriste on pourrait vous confondre.

PIE VI.

Vous avez commencé, je ne fais que répondre.
D'une feinte tardive épargnons-nous le soin.
Vous avez contrefait le dévot par besoin ;
C'est aussi par besoin que je fus royaliste.
Aujourd'hui vous parlez en encyclopédiste ;

Je suis républicain : je vous rends vos douceurs.
Vos nobles devanciers, mes saints prédécesseurs,
Ont jeté dans un puits la vérité plaintive :
L'imposture, pesant sur la terre captive,
Enivrait les humains pressés d'un lourd sommeil ;
La vérité maudite, en sonnant le réveil,
Remonte de son puits, et n'y veut plus descendre ;
Les peuples ralliés commencent à s'entendre.
Rois, voyez le présent, devinez l'avenir :
Notre rôle est fini ; le vôtre va finir.
Guttemberg, en creusant sa caboche insensée,
Trouva l'affreux moyen de graver la pensée.
Ce jour vit ébranler et le trône et l'autel,
Et de loin aux erreurs porta le coup mortel.
Dès-lors on réfléchit, tandis qu'il fallait croire :
La raison lentement remportait la victoire ;
Bientôt nos livres saints parurent amusants,
Nos mysteres joyeux, nos miracles plaisants ;
On rit à nos dépens, et de plus on fit rire.
En nous voyant percés des traits de la satyre,
Les rois un peu prudents devaient, sans balancer,
Punir tout scélérat convaincu de penser.
Plusieurs, loin de tenir cette sage conduite,
Ont fait les esprits forts. Mais attendons la suite.
On s'est long-temps moqué des serviteurs de Dieu ;
Et, pour l'avoir souffert, les rois verront dans peu
Leurs édits respectés comme le décalogue.

Sur ce point, mon cher fils, oyez un apologue,
Simple, court, mais sur-tout contenant vérité :
Le cardinal Mauri me l'a souvent conté.
Chez un fermier dormeur, et qu'on nomme Nicaise,
Le renard et le loup volaient tout à leur aise.
C'était du fond des bois que le couple assassin
Accourait, quand la nuit, favorable au larcin,
Etendait sur les cieux ses vêtements funebres :
Meurtriers et voleurs sont amis des ténebres.
Vainement aboyaient les chiens officieux ;
Tranquille en un bon lit, Nicaise en dormait mieux.
Maître renard croquait la poule timorée ;
Maître loup des moutons faisait large curée.
Mais Nicaise eut un fils qui fut son héritier ;
Morphée habitait peu chez ce nouveau fermier.
Il entendit des chiens les avis charitables,
Sans bruit il prépara ses filets redoutables ;
Le fin renard périt en un piege tendu ;
Près de son compagnon le loup fut étendu.
Les loups et les renards sont les rois et les prêtres ;
Par le fermier dormeur j'entends nos bons ancêtres ;
Par les chiens vigilants, ceux qui de la raison
Versent dans leurs écrits le damnable poison ;
Par le fils du fermier les hommes de notre âge.
On n'est plus imbécille, et c'est vraiment dommage ;
Nous arrivons trop tard pour régner en repos ;
Dans ce monde il faut naître et mourir à propos.

NOTES.

Vous deviez, sans lancer des bulles impuissantes,
Comme autrefois Urbain, etc.

Il s'agit du pape Urbain II, qui, vers la
fin du onzieme siecle, détermina la premiere
croisade, conjointement avec un prédicateur
fanatique, célebre sous le nom de l'hermite
Pierre.

Vos manifestes, pleins d'une imbécille emphase,
Plus gascons que les vers du rimailleur d'Espaze, etc.

Le rimailleur d'Espaze fait des vers dou-
blement gascons ; ils fourmillent de gascon-
nades et de gasconismes. Il est auteur d'une
fort mauvaise brochure ayant pour titre LES
CINQ HOMMES ; c'est une prétendue vie politique des cinq premiers membres du direc-
toire exécutif. L'auteur gascon a spéciale-
ment flagorné Carnot et le Tourneur de la
Manche. Il a honoré Sieyes de ses injures :
mais il a insulté par ses louanges Barras,
Rewbell, et la Révelliere. Leur réputation a
résisté à cette difficile épreuve. Il a joué deux
fois le même tour au général Buonaparte. Les
éloges sont restés impunis ; ce qui est une
preuve sans réplique de l'indulgence du gou-

vernement. Le rimailleur d'Espaze a composé de plus une Épître aux sots. Il s'est chargé lui-même de la réponse. C'est un commerce de lettres qui lui appartenait de droit.

Le rapsode Villiers, Dantilly, Baralere,
Le langoureux Crétot, l'éveillé Souriguiere,
Le nocturne Langlois, messager de malheur,
Et Lacretelle, enfin, le lugubre penseur, etc.

Villiers est ici nommé *le rapsode*, non parcequ'il chantait les poëmes d'Homere, il s'en gardait bien ; mais parcequ'il composait les *Rapsodies*, pamphlet périodique, digne à tous égards de son titre. Dantilly, Baralere, Crétot, Souriguiere et Langlois, rédigeaient cinq journaux platement calomniateurs ; le Thé, le Défenseur de la constitution, le Postillon des armées, le Miroir, et le Messager du soir. Quant à Lacretelle, il insérait dans les Nouvelles politiques d'ennuyeuses déclamations contre les républicains et contre les lois républicaines. Il a parlé le premier de ses *lugubres pensées* : on observa judicieusement qu'il était toujours *lugubre* au moment où les amis de la liberté se réjouissaient.

Suard les dirigeait, et les surpassait tous.

Suard était autrefois censeur royal. Il n'a pas changé de métier durant la révolution. C'est un intrigant assez habile dans les rôles

subalternes. Quoique fort médiocre en litté-
rature, il est cependant très supérieur aux
barbouilleurs de papier dont il est ici ques-
tion. C'est lui qui donnait le mouvement à
tous ces plats journalistes, terrassés par le
18 fructidor.

> J'avais saint du Vaucelle,
> Renonçant à l'esprit par un excès de zele;
> Le clément saint Rovere, à Vaucluse fêté;
> L'éloquent saint Gallais, à Montmartre écouté;
> Saint Mailhe, etc. etc.

Ce passage est, comme on voit, une espèce
de supplément à la Fleur des Saints. Le premier de cette nouvelle légende, saint Bourlet
de Vaucelle, ou du Vaucelle, a toutes les pré-
tentions, et, par malheur, fort peu de talents.
Il a voulu être évêque, et membre de l'aca-
démie fançaise; il n'a rien été de tout cela.
Voici un exemple de son étrange vanité. Un
jour, en prêchant dans une église de Paris,
il disait à ses chers freres : *Né dans le palais
des rois, j'ai vu de près le néant des gran-
deurs humaines.* Il étoit fils d'un limonadier
de Versailles. C'est là le mot de l'énigme.
Saint Rovere est très célèbre par sa clémence,
soit en 1793, comme complice de Robes-
pierre; soit en 1795, comme agent de Louis
XVIII. Saint Gallais, ci-devant et toujours

frere ignorantin, était peut-être le plus impu-
dent et le plus vénal des journalistes royaux.
Saint Mailhe était un déclamateur misérable.
On a eu raison d'observer qu'il avait la figure
d'un faux témoin. Comme Rovere, André
Dumont, et Bourdon de l'Oise, il avait été
tour-à-tour démagogue sanguinaire et royaliste proscripteur. Saint Quatremere est toujours resté dans les rangs du parti opposé aux
institutions républicaines. Plusieurs de ses
parents avaient signé, en 1791, la pétition fanatique présentée à l'assemblée constituante
pour empêcher la translation des cendres de
Voltaire au panthéon. Saint Laharpe, poëte
froid et sans invention, mais littérateur dis-
tingué, après avoir été long-temps l'adepte et
l'enfant gâté des philosophes, s'est permis dans
sa vieillesse des déclamations violentes et ridicules contre des hommes auxquels il devait
respect et reconnaissance. Ses ouvrages chrétiens ont fait rire, quoique sérieux et rem-
plis d'injures sans esprit ; mais ils n'ont converti personne. Saint Vauvilliers a été véri-
tablement témoin d'un miracle à Gonesse.
Ce miracle donna lieu à une correspondance
étrange entre le saint de Gonesse et Christophe de Beaumont, archevêque de Paris.
Dans cette correspondance Christophe est
incrédule ; il a presque de la philosophie :

mais une chose explique tout ; d'après la réputation du témoin, il a eu peur que ce ne fût un miracle janséniste. Saint Jordan Camille, ou Camille Jordan, représentant du peuple d'élection royale et pontificale, avait la ferveur d'un néophyte. Il débitait des choses absurdes avec la naïveté la plus intrépide. C'était un vrai missionnaire envoyé pour convertir le corps législatif. Les jésuites l'auraient choisi pour jouer le rôle de martyr.

Ici c'est l'empereur, c'est le roi très chrétien,
Qui, dans sa propre cour, est fessé pour son bien.

C'est Louis Ier, dit le Débonnaire, empereur et roi de France, que le clergé s'avisa de corriger ainsi. Il était fils de Charlemagne, qui avait rétabli Léon III sur le trône pontifical, et petit-fils de Pepin, dont les bienfaits avaient augmenté la puissance des évêques de Rome et consacré leur souverainneté. Cette correction paternelle est un échantillon de la reconnaissance des prêtres.

C'est un autre empereur, mort dans la sacristie,
Pour avoir trop aimé la sainte eucharistie.

Ces vers désignent l'empereur Henri VII. Il allait s'emparer de l'Italie, lorsqu'il fut empoisonné dans une hostie par le bienheu-

reux Bernard Montepulciano, religieux domi-
nicain.

Le rusé saint Bernard vend le terrain des cieux.

Quand saint Bernard persuadait à Louis le
Jeune, malgré les sages conseils de Suger, de
tenter une nouvelle croisade, il persuadait
en même temps aux dévots de lui vendre des
terres en France pour des terres en paradis.
Ces étranges marchés firent bientôt disparaître
l'indigence primitive des abbayes de Cîteaux
et de Clairvaux.

Là d'un auto-da-fé le spectacle pieux
Réjouit les regards du bon saint Dominique.

Il a existé deux saints de ce nom ; l'un, sur-
nommé l'encuirassé, n'est connu dans la légende que pour s'être donné trois cent mille
coups de fouet en six jours. Il est ici ques-
tion du second, que Voltaire a confondu avec
le premier dans ses Questions sur l'Encyclo-
pédie. Ce Dominique, second du nom, est
très célebre comme ayant été grand inquisiteur
à Toulouse, et comme fondateur de l'ordre
qui porte son nom. Cet ordre puissant et am-
bitieux maintient encore, à la fin du dix-
huitieme siecle, l'horrible tribunal de l'inqui-
sition.

Saint Robert d'Arbrissel, plein d'un zele héroïque,
Pour voir et pour braver le démon de plus près,
La nuit de deux nonnains caresse les attraits.

Saint Robert d'Arbrissel, qu'il ne faut confondre ni avec saint Robert, premier abbé de la Chaise-Dieu, ni avec saint Robert, fondateur de l'ordre de Cîteaux, a mérité plus de réputation que les deux autres. Il était né au village d'Arbrissel, à sept lieues de Rennes. Il fonda l'abbaye de Fontevrauld vers le temps de la premiere croisade; et, par une galanterie, singuliere à cette époque, il ordonna dans ses réglemens, qu'une femme gouvernerait à perpétuité les religieuses et même les religieux. C'était, comme l'observe Bayle, l'opposé de la loi salique. Il s'était associé deux compagnons, prédicateurs et convertisseurs, Bernard de Tiron, et Vitalis de Moriton. Mais, par un assez plaisant partage, il avait abandonné à ses camarades la conversion des hommes; il se chargeait exclusivement de convertir les femmes. Il poussait si loin la ferveur, qu'un jour il entra dans une maison habitée par des filles de joie: il les convertit toutes l'une après l'autre, et en fit des religieuses. Pour mortifier la chair, il passait la nuit entre deux d'entre elles, comme le lui reprochait Geoffroy, abbé de Vendôme, dans une lettre encore subsistante. Cet abbé lui reprochait encore d'être fort complaisant pour les jolies religieuses, et fort maussade envers les laides. Dans une autre lettre, Marbodus, évêque de Rennes, le gronde de ce qu'il fait prendre le voile à de très jeunes filles. Les unes, dit Marbodus, sentant approcher le neuvieme mois, sortent du couvent pour accoucher; les autres accouchent dans leurs cellules. Pour ces détails, et beaucoup d'autres encore, consultez le Dictionnaire de Bayle, article FONTEVRAULD.

Saint Guignolet, célebre entre les bonnes ames.
De la stérilité veut bien guérir les dames.

C'est encore un saint breton, et dont les goûts avaient quelque rapport avec ceux de saint Robert d'Arbrissel. Il est de tradition en basse Bretagne que les habitants du pays marchaient à quatre pattes avant que saint Guignolet les avertît de se tenir debout. Mais il est sur-tout célebre par un don qu'il avait reçu de Dieu; celui de guérir les femmes stériles. On prétend qu'il a conservé ce don même après sa mort. On envoyait dans sa chapelle les jeunes basses Bretes frappées de stérilité. Elles ne manquaient pas de devenir enceintes en priant avec ferveur l'image de saint Guignolet. On voit encore près de Morlaix quelques statues de ce bon saint. Le genre de talent qui l'a fait canoniser y est représenté sous un emblême très énergique.

Plus loin de saint Dunstan la montagne flottante
Accourt, se fait bénir, et s'en va très contente.

Celui-ci est un saint d'Angleterre qui n'avait pas les heureux talents de saint Guignolet. Bien loin de passer la nuit entre deux belles dames, comme saint Robert d'Arbrissel, il ressemblait à l'*eunuque au milieu du serrail;* il empêchait *qui voulait faire.* Étant archevêque de Cantorbery, il apprit que le roi d'Angleterre, Edwin, était renfermé la nuit dans sa chambre avec une concubine. Il força la porte, et contraignit le roi d'être sage. La demoiselle qu'il avait chassée à une heure indue prit sa revanche, et parvint à le faire chasser d'Angleterre. Pendant son exil, étant sur les côtes de Bretagne, il invita une montagne d'Irlande à venir le trouver. La montagne n'eut rien de plus pressé que de se rendre à l'invitation, elle traversa la mer bien vîte; et le saint archevêque, enchanté de la voir si obéissante, la congédia après lui avoir donné sa bénédiction.

FIN.

www.ingramcontent.com/pod-product-compliance
Lightning Source LLC
Chambersburg PA
CBHW061745180626
46818CB00006B/2762